POÈMES EN PROSE

Il a été tiré de cet ouvrage cent exemplaires sur papier du Japon.

RENÉE VIVIEN

Poèmes en Prose

PARIS
BIBLIOTHÈQUE INTERNATIONALE D'ÉDITION
E. SANSOT et Cie
7, RUE DE L'ÉPERON, 7.

LES QUATRE VENTS

LES QUATRE VENTS

COMME je m'acheminais vers la colline, je rencontrai le Vent du Nord.

Il était vêtu d'un grand manteau et portait une couronne de glaçons.

Il me dit : « Laisse-moi t'emporter vers les neiges.

« Tu verras les forêts de

pins qui abritent des troupeaux de loups errants.

« Tu verras le vol des grands cygnes sauvages au-dessus des fjords où s'ébattent les phoques de velours humide. Tu verras aussi les montagnes, les palais, les cités et les jardins de cristal translucide qui voguent sur l'eau d'hiver.

« Tu verras ces énormes solitudes que seuls osent traverser les ours blancs.

« Tu entendras le grelot sonore et mince de ces traîneaux finlandais qu'emporte le léger galop des rennes. Viens ! Tu entreras dans l'énorme silence blanc. »

Je répondis au Vent du Nord :

« Je ne puis quitter mon village, puisque la jeune fille que j'aime y demeure. »

Le Vent du Nord s'enfuit, en un frisson d'ailes.

Comme je m'acheminais vers la colline, je rencontrai le Vent de l'Est.

Il était vêtu de pourpre et portait une couronne de rayons rouges.

Il me dit : « Laisse-moi t'emporter vers la lumière.

« Tu verras ces mousmés dont la robe de soie riante est

brodée d'oiseaux et de fantastiques paysages.

« Elles s'éparpillent en de minuscules jardins dont les très petits arbres sont parés de lucioles comme de lanternes. Tu verras les pagodes de l'éternel Bouddha, ces étranges pagodes aux mille clochetons dentelés. »

Le Vent de l'Est se tut un instant et reprit :

« Je te montrerai les temples hindous entourés de religieux étangs d'où s'élèvent les lotus sacrés.

« Au fond de ces terribles sanctuaires où sont les images sacrées, la terreur règne.

« Mais, dans le doux Japon féerique qui est aussi de mon domaine, tu verras le bienfaisant Bouddha et l'éternel sourire répandu sur toute sa face paisible. »

Je répondis au Vent de l'Est :

« Je ne puis quitter mon village, car la jeune fille que j'aime y demeure. »

Le Vent de l'Est s'enfuit.

Comme je m'acheminais vers la colline, je rencontrai le Vent du Sud.

Celui-là était vêtu d'or et portait une couronne d'étoiles.

Il me dit : « Laisse-moi t'emporter vers l'azur.

« Tu verras les sables éternels qui emprisonnent des sphinx accroupis dont les yeux de pierre s'ouvrent sur l'immensité. Tu verras les peuplades noires qui hurlent à la lune, ainsi que des chiens inquiets. Tu verras aussi les brousses très pâles où rôde la soif. Tu verras enfin ces îles d'or où les femmes amoureuses s'endorment en des hamacs de soie parmi les oiseaux et les fleurs. »

Je répondis au Vent du Sud :

« Je ne puis quitter mon village. Car la jeune fille que j'aime y demeure. »

Le Vent du Sud s'enfuit, en un frisson d'ailes.

Comme je m'acheminais vers la colline, je rencontrai le Vent de l'Ouest.

Il était vêtu de vert et portait une couronne de perles humides.

Il me dit : « Laisse-moi t'emporter vers la mer.

« Tu verras l'infini du ciel et de l'eau, de l'eau et du ciel.

« Tu te réjouiras du léger passage des voiles dont la blancheur frissonnante se colore, vers le couchant, de pourpre et d'or rouge. Tu verras les formes architecturales des poissons monstrueux et le vol circulaire des goélands qui tournoient infatigablement au-dessus des mâts. Tu verras mes brumes que j'évoque dans le soir et l'embrun que je fais jaillir des vagues. Tu verras ces divins couchers de soleil qui précèdent la lune. »

Je répondis au Vent de l'Ouest :

« Je ne puis quitter mon village. Car la jeune fille que j'aime y demeure. »

Le Vent de l'Ouest s'enfuit, lui aussi, dans un frisson d'ailes.

Moi, je demeurai solitaire, dans la bonne chaumière où le feu brûlait.

Et je regarde les flammes.

LE CYGNE NOIR

LE CYGNE NOIR

SUR les fjords, passaient, comme un nuage, des cygnes blancs.

Mais un jour, ils aperçurent dans leur nombre un cygne noir dont le bec était rouge comme du sang.

Voici que les cygnes tout

blancs s'épouvantèrent de voir au milieu de leur troupe ce compagnon singulier.

Rassurés enfin, ils passèrent de la terreur à la haine.

Donc, ils assaillirent le cygne noir avec tant de haine, qu'il faillit périr.

Et le cygne noir se dit :

« Je suis las des cruautés de mes semblables, qui ne sont pas mes pareils.

« Je fuirai à jamais au fond des solitudes.

« Je prendrai l'essor et je m'envolerai vers la mer.

« Je connaîtrai le goût des brises du large. J'entendrai les grands cris de la tempête.

« Les flots tumultueux berceront mon sommeil, et je me reposerai dans l'orage.

« La foudre sera ma sœur, et le tonnerre, mon frère bien-aimé. »

Ayant entendu de très loin le bruit lointain des vagues, le cygne noir prit l'essor et s'envola vers la mer.

Mais l'ouragan le surprit et l'abattit et lui brisa les ailes...

Le cygne noir crut alors qu'il allait mourir sans avoir vu la mer.

Pourtant, il sentait dans l'air la bonne odeur des algues.

Les ailes brisées se soulevèrent dans un dernier effort...

Et le vent emporta le cygne mort jusqu'à la mer...

LA MENDIANTE

LA MENDIANTE

LA plus belle des filles de la Norvège était une mendiante qui mendiait sur les grands chemins.

Elle se vendait à tous ceux qui passaient sur la route.

Il advint qu'on célébra devant le Roi la beauté de cette femme.

Et le Roi la fit appeler auprès de lui.

Mais la femme ne se rendit point à l'ordre royal,

Car elle aimait le vent et la poussière des grands chemins.

Le Roi la fit amener par la force.

Elle vint, mais en pleurant,

Car elle n'aimait que le vent et la poussière des grands chemins.

Le Roi mit sur les cheveux de cette mendiante la couronne royale.

La mendiante et la prostituée d'hier s'assit aux côtés du Roi, sur le trône.

— La Reine dit un jour à ses suivantes :

« Je suis lasse de porter le poids d'une couronne.

« Autrefois, le vent des grands chemins soufflait dans ma chevelure.

« Je dormais parmi le foin coupé, vivais selon le temps et l'heure,

« Et j'aimais qui je voulais. »

Lorsque tomba la nuit, elle se glissa hors de la couche royale.

On la chercha longtemps.

Et quelqu'un la retrouva, plus tard, morte sous le foin coupé.

Elle semblait endormie, la face vers le ciel.

On la laissa parmi le foin coupé.

Le vent s'était levé et bruissait à travers les arbres et le blé nouveau.

Et la morte dormait dans le foin coupé.

Le vent des grands chemins sifflait à travers sa chevelure.

LE LONG DE L'ABIME

LE LONG DE L'ABIME

I

Un pâtre marchait sur la route qui côtoie les abîmes. Voici qu'il vit s'avancer une femme voilée.

Il trembla. La femme lui parut belle, mais trop étrange.

Elle était grande et pâle, et

sur ses cheveux couverts par le voile brillait une couronne.

L'inconnue lui dit : « Vois, je suis belle, plus belle encore que ta fiancée.

« Et je suis reine dans mon pays. Viens dans mon royaume. Tu régneras à mon côté sur un peuple éternellement beau. »

Mais le pâtre répondit à la femme inconnue :

« J'épouse demain la jeune fille que j'aime.

« Ses yeux sont plus bleus que les glaciers mêmes,

« Et je n'ai pu entrevoir la couleur de tes yeux.

« Ses lèvres sont roses

comme les églantines sur la montagne,

« Et je n'ai pu même entrevoir tes lèvres.

« J'épouse demain ma fiancée. »

II

A l'heure du soir, le pâtre descendit dans le fond de la montagne.

Il vit pour la première fois un royaume où les roses même sont pâles, où les oiseaux ne chantent plus, où les lèvres n'ont plus de baisers,

Mais où les reflets, plus beaux que les couleurs, les échos, plus doux que les sons, ne heurtent jamais la paresse du songe.

Pendant une heure, le pâtre régna dans ce royaume au fond de la montagne.

Et, dans la plus grande salle, un trône était dressé.

Ce trône était d'émeraude.

Les gobelets étaient de pur diamant.

Des pages blonds y versaient le vin des pierreries fondues, et des fleurs inimaginables s'enroulaient autour des plats d'or et des aiguières.

Au milieu des magnificences, le pâtre était assis, sur le trône, aux côtés de la femme qui le conduisit dans le palais souterrain.

Pourtant, le berger devenu roi songeait avec mélancolie,

Les vins ne lui donnaient point l'ivresse et les mets lui semblaient fades.

Il aurait bien voulu remonter vers la lumière. Mais il n'osait revenir chez lui, ne sachant pas s'il y serait accueilli toujours, ni même s'il redeviendrait heureux, là-haut.

Il craignait de retrouver toutes choses changées, se voyant changé lui-même.

Il était de ceux qui ne savent choisir.

Il hésitera toujours ainsi, éternellement.....

TABLE

TABLE

—

Les Quatre Vents 7

Le Cygne noir 19

La Mendiante. 25

Le Long de l'Abime. 33

La Rochelle, Imprimerie Nouvelle Noel Texier.

www.ingramcontent.com/pod-product-compliance
Ingram Content Group UK Ltd.
Pitfield, Milton Keynes, MK11 3LW, UK
UKHW020356250726
13967UKWH00005B/2306

9 782012 943353